MACHA

Claudia Tajes

MACHA

L&PM EDITORES

Texto de acordo com a nova ortografia.

Capa: Gustavo Bilésimo
Preparação: Mariana Donner da Costa
Revisão: Jó Saldanha

CIP-Brasil. Catalogação na publicação
Sindicato Nacional dos Editores de Livros, RJ.

T141m

Tajes, Claudia, 1963-
　　Macha / Claudia Tajes. – 1. ed. – Porto Alegre [RS]: L&PM, 2019.
　　144 p. ; 21 cm.

　　ISBN 978-85-254-3906-2

　　1. Ficção brasileira. I. Título.

19-60056　　　　　　　　CDD: 869.3
　　　　　　　　　　　　CDU: 82-3(81)

Leandra Felix da Cruz - Bibliotecária - CRB-7/6135

© Claudia Tajes, 2019

Todos os direitos desta edição reservados a L&PM Editores
Rua Comendador Coruja, 314, loja 9 – Floresta – 90.220-180
Porto Alegre – RS – Brasil / Fone: 51.3225.5777

PEDIDOS & DEPTO. COMERCIAL: vendas@lpm.com.br
FALE CONOSCO: info@lpm.com.br
www.lpm.com.br

Impresso no Brasil
Primavera de 2019

Num certo sentido, todos os homens começaram por ser uma mulher. A mulher grávida não difere do seu filho senão já tarde. E o filho apenas muito depois se apercebe de algum desajuste entre o seu corpo e o que o circunda. Num certo sentido, elas são verdadeiramente o único género que existe, porque os homens são mulheres que desempenham um papel específico que a estratégia das próprias mulheres inventou.

Valter Hugo Mãe

MACHA

DIA 1

UM

Naquela manhã eu acordei de sonhos intranquilos como se tivesse um peso abaixo da minha barriga, não, abaixo do abaixo da minha barriga, uma sensação estranha, a pelve sendo puxada, e a primeira coisa em que pensei foi: doença, quem sabe cistite – moléstia venérea, impossível, há meses eu não saía com ninguém –, só que parecia diferente da minha última infecção urinária, era quente e se mexia quando eu me mexia e agora estava coçando. Então coloquei a mão ali e encontrei um pênis.

Eu tinha virado homem.

DOIS

O cabelo ainda era o meu, chanel precisando de um corte, mas agora com entradas que pareciam as do meu pai. Eu estaria ficando careca? Já as sobrancelhas que ainda ontem eu havia depilado – ao preço de trinta reais – engrossaram, dois ouriços em cima dos olhos. Trinta reais postos no lixo. Pequenos toquinhos pretos tentavam romper a pele do meu rosto, como até então eu via nos homens que acordaram comigo. Reconheci meu nariz da vida inteira, mas meus lábios estavam mais finos. O superior, inclusive, meio engolido pela boca. Meu queixo quadrado continuou quadrado. Já o pescoço ficou diferente. Não se tratava de ter ou não um gogó, clássico popular para identificar as lindas travestis que pareciam mais mulheres do que a maioria das mulheres. Mais flácido, dele pendia uma pele que talvez atrapalhasse o abotoamento de um colarinho.

Meus peitos, que eu desprezava pela perda do, digamos, élan juvenil, sumiram. Eu estava plana como alguns acreditam que a Terra seja. No lugar dos montes de carne e gordura até então plantados no meu tórax, dois pequenos e tristes mamilos escuros. Por um momento pensei ver um terceiro deles, mas não. Com a rediagramação do corpo, a cicatriz da minha histerectomia radical subiu e se assentou na altura da costela, marrom e redonda, dando a impressão de uma aréola extra.

Cabelos nasceram pelo meu corpo todo, até as costas ganharam pelos escuros e compridos. Os braços e as pernas seguiam finos como sempre. E seria possível dizer que o DNA da minha bunda e da minha barriga haviam se embaralhado. Enquanto a primeira não existia mais, a segunda agora era imponente, abusada, quase orgulhosa do seu novo volume.

As mãos e os pés cresceram. Julguei identificar um fungo na unha do dedão, o que me trouxe à lembrança os cuidados de meu pai com as onicomicoses dele: corta, lixa, passa remedinho, corta, lixa, passa remedinho. Mas o mais surpreendente de tudo era o pênis, grande e gordo para uma mulher tão pequena. Batia na metade da minha coxa, e confesso que fiquei orgulhosa dele.

Mas só por um momento.

Eu não queria aquele corpo.

TRÊS

Fazia tempo que eu não dava nenhuma importância para as lingeries. Os namorados dos últimos anos também não reparavam nelas, era tudo muito rápido, quase apressado, uma tarefa a ser cumprida antes de, enfim, dormir. Sorte. Não fossem as minhas calcinhas sem elástico, esgaçadas pelo uso, seria impossível acomodar meu pênis.

Eu precisava de ajuda, mas como sair do quarto? Se eu tivesse uma burca, só os olhos de fora, ninguém poderia dizer que eu não era eu. Os vizinhos estranhariam a vestimenta, mas não os meus olhos. Meus olhos ainda eram os mesmos, apenas mais assustados. Chico até gostaria. Ele vivia reclamando das bermudas de lycra que eu usava em casa. Uma mãe de burca causaria menos espanto que eu chegando com minha atual aparência para o café da manhã.

Experimentei várias roupas para cobrir aquele corpo totalmente estranho. Minhas saias, meus vestidos, minhas leggings, nada me servia. Se eu nunca quis ser homem, se nem por brincadeira ou desespero desejei isso para mim, por que uma desgraça dessas havia acontecido comigo?

QUATRO

Chico dormia o sono dos adolescentes vagabundos que passam a madrugada na internet e depois não acordam para ir à escola. Entrei pé ante pé em seu quarto e abri o armário com todo o cuidado. A dobradiça rangeu, Chico continuou imóvel. Comecei a procurar uma camiseta, todas tinham estampas de reggae. Eu queria algo mais sóbrio, talvez a polo que o tio Camilo deu a ele de aniversário há anos e que continuava dentro da embalagem. Já estava escolhendo a bermuda quando senti algo me atingir na cabeça. Ainda ouvi a voz de Chico antes de apagar.

– Mãe, tem um ladrão no meu quarto!

CINCO

Recobrei a consciência aos poucos. Estava no chão, amarrada com a fita de prender prancha de surfe. Sentado na cama, Chico me olhava com uma raquete de tênis na mão.

– O que tu fez com a minha mãe?
– Chico...
– Como tu sabe o meu nome? Cadê a minha mãe?

Antes que eu pudesse responder, tomei uma raquetada no meio da barriga. Para minha sorte, o porte de armas ainda não estava liberado.

– Eu posso explicar. Não, acho que não posso.
– Fala antes que eu te cague a pau. Onde tá a minha mãe?
– Tá aqui. Bem aqui.
– Tu matou a minha mãe?
– Eu nunca matei uma barata!
– Cadê minha mãe?
– Mais perto do que tu pensa.

Chico levantou e saiu pela casa à minha procura. Amarrada no chão, eu o ouvia chamar: mãe, mãe, mãe. Logo estava de volta, e mais nervoso.

– Ela não tá em lugar nenhum.

– Chico...

– Como tu entrou aqui?

– Eu dormi aqui.

– Dormiu? Tá querendo dizer que tu é crush da minha mãe?

Tomei mais uma raquetada, dessa vez nas coxas. Gritei alto.

– Mentiroso. Nunca que a minha mãe ia ficar com um velho gordo como tu.

– Eu não sou gorda. Nem velha.

– Cadê a minha mãe? Fala ou eu te mato.

– Eu sou a tua mãe.

SEIS

Acordei com Chico e Roney sentados na cama, sem tirar os olhos de mim. Roney, o pai de Chico, meu ex-marido. Sentia uma dor inexplicável no baixo ventre, resultado da raquetada que atingiu meus órgãos genitais e que me fez desmaiar. Precisaria ser um homem para descrever aquela dor, era diferente de tudo o que eu já havia sentido.

– O velho acordou.

Chico insistia em me chamar de velho. Eu tinha 48 anos, jovem por qualquer padrão de classificação de adultos. Roney levantou devagar, me encarando como se eu fosse um perigoso meliante. Olhei para os sapatênis dele, lanchas vindo na minha direção.

– Não me chuta, Roney.

Foi como dizer: me chuta, Roney.

– Ai ai ai!

– O que tu fez com a Celina, vagabundo?

– Eu sou a Celina.

– Não falei, pai? Esse velho é louco.

– Tu matou a Celina, filho da puta?

Antes que eu pudesse responder, tomei mais um sapatênis nas costelas. O próximo vendedor da Richards que me dissesse que aquela porcaria era leve e macia ia levar um par no meio da cara.

– A gente precisa conversar!

– O que tu fez com a minha mãe, veado?

– Filho, eu sou a tua mãe.

Antes que ele me acertasse de novo, apelei.

– Tu é meu pitusqueto. Meu pedacinho de céu. A gente vê *Malhação* juntos e depois eu faço Ovomaltine com leite condensado e coço as tuas costas!

Talvez envergonhado pela revelação de suas intimidades na frente do pai, Chico me acertou uma raquetada na cara. Fiquei com a redinha estampada nas bochechas.

– Para de falar como se fosse a minha mãe!

– Eu sou a tua mãe! Tu me disse ontem de noite que tá ficando com o Rafa. Como é que eu ia saber disso se não fosse a pessoa em quem tu mais confia, a tua mãe?

Foi a vez de Roney se surpreender.

– Tu tá ficando com o Rafa? O teu colega de aula?

SETE

Eles não me desamarraram, mas pelo menos pude sentar no sofá da sala. Meu estômago doía de fome, o sanduíche de peito de peru da noite anterior já tinha vencido há muito. Eu estava controlando a comida, queria entrar em um biquíni no verão que se aproximava. Agora, a se julgar pela minha aparência, mudaria meus planos para caber em uma sunga.

– Explica tudo. Desde o início.

Mas eu não sabia explicar. Dormi mal e sonhei com coisas estranhas, pessoas desconhecidas, baratas que pareciam pôneis, gente rezando. Suei muito, lembro de ter tirado a calça do pijama, uma sauna sob as cobertas. Acordei indisposta e, quando percebi, estava coçando o meu pênis.

– Pai, a gente tem que levar ele... ela ao médico.

– Que médico? Eu só tenho a minha gineco. Não posso ir lá nesse estado.

– Ela... ele... essa coisa não pode sair de casa sob hipótese alguma. Tu não vai passar por essa porta, entendeu?

Roney falava comigo aos gritos e pausadamente, como se eu tivesse perdido a capacidade de compreender o português.

– Só o que me faltava ficar prisioneira aqui. Fala que eu sou um irmão meu que veio me visitar, mas eu precisei viajar e o meu irmão vai ficar cuidando do Chico.

– O meu filho não vai ficar na mesma casa que tu, aberração.

Chico chorava. Roney não se importou com o emocional do menino. E continuou seu showzinho.

– E no teu trabalho? Vai mentir no banco que viajou sem avisar ninguém?

– Lá a gente diz que eu fui fazer uma cirurgia de urgência. E que o caso é grave, não posso receber visitas.

– Eu não quero esse cara no quarto da minha mãe.

– Pela décima vez, Chico. EU SOU A TUA MÃE. Isso deve ser igual a sarampo, dá uma vez e passa. Daqui a pouco eu fico boa. Não vamos nos desesperar.

– Eu tô desesperado.

Eu também estava. Chico se aproximou de mim. Afrouxou a fita que prendia meus braços e apertava minha barriga. Solta, a barriga se projetou para a frente, ocupando o espaço que agora lhe era de direito. Queria ver eu colocar aquilo tudo dentro de uma calça jeans.

– Muito obrigada, filho.

– Não me chama de filho.

Estiquei as pernas e os braços diante do olhar desconfiado dos dois. Eles analisavam cada pelo, cada unha, cada sinal meu. Roney fez mais um comentário estúpido como a situação.

– Ele tem um terceiro mamilo.
– Que terceiro mamilo, o quê. É a cicatriz da minha histerectomia.
– Tu precisa de uma roupa. Assim, de calcinha esgaçada, tá indecente.
– Eu pego uma das minhas bermudas pra ela.

Acho que notei alguma pena no jeito como Chico me olhou antes de sair da sala. Resolvi aproveitar aquele resquício de humanidade.

– Traz também a polo creme que o tio Camilo te deu e tu nunca tirou do pacote.

Meu filho não gostou do uso do nome do tio morto e balançou a raquete de tênis perto da minha cara.

– Só isso ou o cavalheiro tem mais exigências?
– Empresta umas havaianas.

Fiquei sozinha com Roney. Eu tinha que fazer alguma coisa para escapar do olhar dele.

– Preciso fazer xixi.
– Fala MIJAR. Homem não diz "fazer xixi".
– Eu não sou homem. Eu sou a Celina.
– Vai logo e já te cobre, pelo amor de Deus.

OITO

Era a primeira vez que eu urinaria com um pênis. Segurei com estranheza aquele corpo amolecido, que alguém já definiu tão bem como uma massa de modelar. Acertar na aguinha da privada exigia destreza. Se não mirasse firme, o jato ia na louça toda. Por isso o cheiro que nem o Pato Purific Rótulo Preto disfarçava no nosso banheiro. Quando tudo terminasse, eu ensinaria Chico a mijar no alvo. Não era tão difícil assim.

Perdida nos meus pensamentos, demorei a perceber Roney na porta do banheiro, os olhos fixos no meu pênis. E era com inveja que ele me olhava.

Sim, o meu pinto era maior que o dele.

NOVE

Chico trouxe um Miojo meio duro e um copo de leite.
– Eu prefiro água.
– Bebe e não reclama, porra.

Eu estava sendo tratada como uma bandida dentro da casa que eu mantinha sem a ajuda de ninguém. Tudo ali era meu, até o filho, que agora se comportava como um agente penitenciário. Já Roney era o próprio diretor da prisão, sentado na poltrona, com a TV ligada em algum programa de auditório matinal, dando ordens que me envolviam: bota ele na cadeira. Nessa não, na outra, essa fica no meu campo de visão. Fala tu com ele, eu não quero me dirigir a essa... a essa... aberração.

Pensando bem, Roney não parecia o diretor do presídio, mas o péssimo marido que foi enquanto estivemos casados. Sempre sentado na poltrona, com a TV ligada, dando ordens. A diferença é que, agora, se referia a mim como "ele".

Tentava empurrar o Miojo duro com o leite quando a campainha tocou. Só então lembrei.

– É a dona Vera.

DEZ

Agora eram três a me olhar com repulsa. Dona Vera, nossa diarista, se benzeu várias vezes quando contei da minha desgraça. Ela sabia quem era Kafka.

– Ainda bem que a senhora não virou uma barata, dona Celina.

Trabalhando comigo há muitos anos, dona Vera conhecia meu pavor por baratas. Quantas vezes ela não tinha vindo de Gravataí, onde morava, para me socorrer em um momento de desespero? Ela sabia mais de mim do que qualquer pessoa. Nem com a dra. Maria Hermínia, minha antiga terapeuta, eu me abria tanto. Nem com a minha mãe, falecida há tanto tempo. Nem com Solange, única amiga que tinha me sobrado ao longo da vida e com quem rompi nas últimas eleições. As chateações do trabalho, os apertos financeiros, as desilusões com os namorados, o susto com um preventivo de câncer, as brigas com Chico. Quem mais, senão dona Vera, me escutaria? A quem mais, senão a ela, eu confiaria tudo o que estava sentindo agora?

– Dona Vera, a senhora pode ir comigo até o quarto?

– Até o quarto posso não, dona Celina. Não fica bem, eu sou casada.

ONZE

Fato é que eu ainda era uma mulher. Assim como Gregor Samsa não pensava como um inseto, apesar de ter virado um bicho cascudo cheio de patas, eu não pensava como um homem, embora estivesse transformada em um. E podia provar. Meu maior medo, no momento, era que dona Vera não quisesse mais trabalhar para mim. Só quem sabe o quão difícil é arrumar uma diarista de excelência se amofinaria com isso em uma situação como a minha.

Ou seja, uma mulher.

DOZE

Enquanto me servia café na cozinha, dona Vera puxava o vestido, como se eu estivesse interessada nas pernas dela. Deixei Roney levar Chico com a condição de que não contassem nada para Valéria, a atual esposa. Duvido que ele ficasse de bico fechado. Valéria nunca simpatizou comigo, um ciúme totalmente idiota se considerarmos que Roney me deixou por ela. Sem falar que eu era a melhor ex que alguém podia querer, independente e sem exigências quanto a datas e ocasiões. Se o filho ficava mais comigo do que com o pai, melhor para mim. Minha única questão com Roney era a pensão, sempre atrasada. Ele parecia um desses governadores que pagam o salário dos funcionários em parcelas que nunca têm dia certo para chegar.

– E se a gente tentasse um passe? Eu podia ver na minha igreja.

– Lá tem algum pastor que transforme água em vinho? Precisaria ser alguém assim.

– Não se brinca com isso.
– Antes fosse brincadeira.
– Será que não é contagioso?
– Saberemos amanhã, quando a senhora acordar.
– Credo, dona Celina.

Minha diarista se benzeu e ficou quieta por alguns minutos.

– Até a sua voz tá diferente. Parece que eu ouço o seu falecido pai falando.

TREZE

São tantas as formas da infelicidade que o trabalho dos terapeutas está garantido até o fim dos tempos. É a profissão que jamais vai desaparecer. Não há opção senão pagar para que alguém ouça nossas desgraças. Os amigos, por mais boa vontade que tenham, acabam sempre nos julgando. Ah, deixa para sofrer quando isso acontecer mesmo. Ah, eu já passei por coisa pior e continuo viva. Ah, você está exagerando. Ah, imagina como você vai ficar quando tiver alguma coisa real para sofrer.

Entendam, amigos: todo sofrimento é real para quem sofre.

Eu sou uma que tenho me sentido, senão infeliz, não exatamente feliz ao longo da vida. Desde a infância. Uma criança que não achava graça em ser criança. Que queria crescer logo para aproveitar o mundo dos adultos. E que, depois de adulta, não conseguiu entender direito qual era a graça daquele mundo. Trabalhar. Ganhar pouco. Trabalhar mais. Se divertir muito menos que os outros, mas com isso não me importo, eu não tenho paciência para me divertir muito. Gozar pouco. Como as pessoas gozam pouco. Não me refiro a transar, transar é fácil.

Sempre achei que ter irmãos tornaria a minha infância mais feliz, mas minha mãe reclamava que incomodei muito na barriga e que doí demais ao nascer – desculpa aí, mãe, não foi minha intenção. Sempre que brigava comigo, ela perguntava, dramática, se era para aquilo que tinha sofrido tanto durante a gravidez. Pequena, eu me sentia culpada. Com o tempo, passei a achar graça na ladainha. Repetia em tom de brincadeira, cheguei a mandar para o programa do Jô Soares quando alguém me disse que podia ser um bom quadro humorístico. Nunca tive retorno. Aposto que faria sucesso e que minha mãe ficaria orgulhosa dela. E de mim.

Queria tanto que minha mãe me desculpasse pelo transtorno de eu ter nascido que vivi sempre em função de tornar a vida dela mais confortável. Fui uma filha--secretária-ajudante-facilitadora para qualquer assunto, burocrático, de saúde, emocional, qualquer assunto. Acho mesmo que decidi ser bancária porque ela vivia criando caso nas agências, desconfiada de que não cuidavam bem da sua parca poupança. Pena que morreu dois anos depois de eu ser promovida a gerente. Ficamos eu e meu pai, que mantive sempre como um espectador dos meus acontecimentos, sem saber por onde começar a conversa. Nunca perguntei nada a ele, nunca confessei nada a ele, nunca saí sozinha com ele, nunca me senti à vontade com ele. Éramos parentes afastados sem nada em comum além da mãe. Vivemos mais quinze anos assim, sem intimidade, eu com as minhas visitas semanais e os aniversários e Natais comemorados, ele sem reclamar do meu tempo ou da minha distância, extravasando com Chico todo o amor reprimido na relação enviesada com a filha. Mas não acho que ser mais ligada ao meu pai teria feito de mim uma pessoa mais feliz. No máximo, eu guardaria algumas lembranças para me sentir menos sozinha. Talvez meu pai me apoiasse nesse pesadelo de agora. Nas brigas com a minha mãe, ele sempre me defendia. Já quando os dois brigavam, eu ficava do lado dela. Que, a essa altura do campeonato, estaria me perguntando: foi para ver isso que eu sofri tanto durante a gravidez?

QUATORZE

Despachei dona Vera recomendando que não contasse nada para ninguém, precaução inútil. Como disse Roney, eu era uma aberração e, como tal, logo estaria no *Fantástico*. Quando já não fosse pão quente, no Ratinho. Depois na Sônia Abraão e assim sucessivamente, cada vez mais baixo na trilha das atrações do mundo cão exploradas pela mídia.

Parece que eu ouço o seu falecido pai falando.

Fui para o quarto e gravei frases e mais frases ao celular, coisas que eu gostaria de ouvir do meu pai se alguma vez nós dois tivéssemos trocado mais do que três frases. Era verdade. A minha voz, agora, parecia com a dele.

Fiquei escutando as gravações por muito tempo. Embora soubesse que era eu mesma falando para mim, foi lindo, enfim, escutar todas as coisas que eu nunca quis que meu pai me dissesse.

DIA 2

UM

Acordei molhada de suor, tal como na manhã anterior. Por um momento pensei que tudo não passava de um pesadelo, mas o pênis continuava lá. Atirei longe a camisa polo e fui para o chuveiro. Sem opção, virei a calcinha que me servia de cueca do lado avesso, como os amigos solteiros faziam para não lavar a underwear todos os dias. Liguei para Roney, celular desligado. Liguei para o telefone da casa dele. Valéria atendeu.

– Por favor, o doutor Roney?
– Quem quer falar com ele às sete da manhã?
– Pode dizer que é... que é... o Celinho.
– Celinho da onde?
– Ele sabe.
– Tô sacando. É telemarketing. Vocês são muito caras de pau mesmo. Ligar a essa hora pra vender plano de celular. Vão tomar no.

Desliguei. Se tinha coisa que eu não precisava era ser ofendida às sete da manhã pela atual esposa do meu ex-marido. Mas até que eu entendia Valéria. Quantas vezes eu mesma não tinha mandado os atendentes de telemarketing longe antes que pudessem completar a primeira frase? Nunca pensei que isso fosse possível, mas senti uma súbita pena deles.

A empatia é mais fácil na fraqueza.

DOIS

Evandro, o rapaz da portaria, me olhou com desconfiança quando o cumprimentei.

– Bom dia, eu sou o irmão da Celina, do 303.

– Não vi a dona Celina ontem.

– Ela viajou. Qualquer coisa, o senhor fala comigo. Fiquei de responsável pelo apartamento.

Passei pela vizinha do poodle que sempre latia para mim, e o cachorro latiu para mim. Passei por um senhor de idade que vivia jogando paciência no banco do hall, e com quem eu sempre conversava sobre as notícias da manhã, e ele resmungou um cumprimento qualquer, como se nunca tivesse me visto. Passei pelo rapaz que molhava a grama do jardim, um que sempre fazia uma piadinha de duplo sentido quando me via, e ele me ignorou.

Abri o portão e saí para a rua. Até caminhar era estranho com o meu novo corpo. Eu ainda tinha a mesma estatura, um metro e cinquenta e cinco esticando bem a coluna. Um baixinho atarracado tentando entender sua relação com o espaço. Meu pé, maior, parecia me prender ao chão. A barriga, projetada, era como uma mochila que eu levasse na frente do corpo, me impedindo de ver a calçada. Chupada para dentro, a bunda fazia falta na aerodinâmica do conjunto.

Comecei a reparar nas mulheres à minha volta. A pesada. A que tinha culotes. A de cabelo seco. A sem corte no cabelo. A enorme. A de perna curta. A enrugada. A sem graça. Até o dia anterior, na minha pele antiga, eu teria no mínimo um defeito para apontar em cada uma. Eu vivia achando defeito em todas – e, democraticamente, em mim mesma. Agora invejava todas.

Eu daria tudo para ter os meus defeitos de volta.

TRÊS

Começou quando eu era pequena. Sempre tinha uma loirinha princesa na aula contrastando com aquela menina meio índia, um tanto gordota, por quem nenhum guri se apaixonava. Incrível como as crianças se apaixonavam no colégio. Os pares duravam até um ou outro trocar de colégio, amor platônico e fidelidade absoluta. Já eu, que gostava de um garoto com cabelinho de cuia chamado Vítor, um que nunca me olhou, atravessei o primário inteiro miseravelmente solteira.

Vendo as minhas fotos daquela época, hoje me acho até charmosa, a cara redonda, o cabelo curtinho como jamais voltei a usar. Minha mãe considerava que manter a filha com as crinas aparadas dava menos trabalho – para ela. E dava mesmo, de forma que passei boa parte da escola sendo chamada de menino por um grupo de guris idiotas. Com meu filho fiz diferente. Não cortei os cabelos dele até os sete anos para que escolhesse de que jeito queria usá-los. Então Chico teve problemas porque os outros garotos o chamavam de guria.

Passar de ano não é nada diante da dificuldade de conseguir a aprovação dos merdas que estudam nas nossas salas de aula.

QUATRO

Tomando café na padaria perto de casa eu pensava no que fazer. Trabalhava no banco havia dezessete anos. Depois que acabou a lua de mel, isso poucos meses depois de começar na gerência de pessoas físicas, aquelas oito horas por dia apertando correntistas que deixavam as calças para pagar as dívidas com o banco me massacravam. Não havia como ajudar. Se eu conseguia um prazo maior, os juros aumentavam tanto que os clientes terminavam não pagando. Então, apesar dos meus esforços, vinha a parte de executar as dívidas – o que, felizmente, não me competia. Eu sofria junto com os meus clientes. Muitos ainda me levavam flores ou bombons, presentes pelas minhas tentativas de resolver as coisas. Mas o que podia uma simples gerente que, se não cumprisse as metas e entregasse resultados, seria ela mesma mastigada e cuspida?

Pela segunda vez na semana, e talvez pela oitava na carreira – descontadas as férias e a licença-maternidade, eu faltava ao meu trabalho de atender os correntistas sorrindo para ouvi-los chorar. Esperava que Roney tivesse ligado para a agência com uma desculpa qualquer. Tudo o que eu não precisava era de uma demissão por justa causa. Liguei novamente para o celular de Roney. Dessa vez ele atendeu.

– O que tu quer comigo?

– O mesmo de sempre: nada. Só preciso saber como o Chico está.

– E como tu acha que ele está depois dessa tragédia que tu causou?

– Eu também acho uma tragédia ter virado homem, mas a culpa não foi minha.

– Quem tem que resolver essa merda é tu. E já te aviso. Tu não vai mais chegar perto do Chico enquanto não consertar isso daí. O menino não merece.

– Roney, vamos pensar como dois adultos. Em primeiro lugar, tu avisou no banco que eu não vou trabalhar por alguns dias?

– Acabei de ligar e falei com a supervisora. Tem que levar o atestado com carimbo do médico. Se passar de sete dias, perícia no INSS.

– E vão periciar o quê? Meu pau?

– Deixa de ser baixa. Será que tu não consegue te controlar?

– Roney, me ajuda. Uma vez na vida, pelo amor de Deus. Me ajuda. Eu não sei o que fazer. Me ajuda.

Ele ficou em silêncio. Ouvi alguém cochichando. O escroto havia me colocado no viva voz e agora Valéria palpitava sobre o meu destino. Mas eu estava tão frágil que não me importei. Aceitaria qualquer consolo, um conselho, pílulas de sabedoria, frases da Bíblia, um exorcismo.

– Procura a dra. Tiane. Pode dizer que foi a Valéria quem recomendou. Já mando o número.

– Ela é médica? Qual especialidade?

– Advogada. Pode te ajudar de algum jeito. Uma identidade falsa, talvez.

– Identidade falsa o caralho, eu nasci Celina e vou morrer Celina, ninguém vai me obrigar a viver como homem a essa altura do campeonato. Eu não quero, eu não mereço, eu não tolero. Eu sou mulher, mu-lher, M-U-L-H-E-R.

Ainda falei por mais alguns minutos antes de perceber que Roney havia desligado. Em volta, alguns frequentadores da padaria me olhavam com a cara divertida que a gente faz quando vê um louco solitário gritando na rua. O telefone da advogada chegou por WhatsApp em seguida.

Eu só queria a minha vida complicada, atrapalhada e tantas vezes amaldiçoada de volta. Sem um pinto para piorar tudo.

CINCO

— Quer ver?

A pergunta que fiz à dra. Tiane me lembrou do primo Betinho, com quem passei a infância brincando na casa da minha avó, nos dias calorentos das nossas férias de verão. Betinho era o único menino entre as primas, o que garantia a ele um tratamento privilegiado. Era sempre o primeiro a ganhar o bife, a sobremesa, o presente no Natal. Também ficava com o melhor lugar do sofá, dormia na melhor cama e escolhia do que íamos brincar. Pega-pega, esconde-esconde, Banco Imobiliário, Detetive, tocar a campainha das casas vizinhas e correr, atirar pedras nas janelas dos outros e correr, correr para não apanhar dele. Betinho era líder e senhor naquele minifeudo. E ai da prima que se rebelasse contra ele.

Zélia, a tia solteira que morava na casa da minha avó e que na época me parecia velha, embora não tivesse nem os 48 que eu mesma tenho hoje, atuava como um juiz do STF sempre em favor de Betinho. Tudo o que quebrava, estragava ou desaparecia como resultado das estrepolias dele, tia Zélia dava um jeito de transferir para uma das primas. Se não conseguisse, acusava o coletivo e dividia a responsabilidade. Betinho nunca ficou de castigo. Já eu que, a mando dele, roubava da geladeira, subtraía trocados e fazia pedidos impossíveis, como tomar banho de mangueira logo depois do almoço, vivia fechada no quarto "para refletir". Muito que se reflete aos sete anos de idade. O pior de tudo era ouvir: o Betinho, que é menino, é um doce, e tu, menina, é esse diabo.

Uma das diversões preferidas de Betinho era mostrar o pinto para as primas. Chegava enquanto montávamos um quebra-cabeça e já ia baixando o calçãozinho sujo. Quer ver? Não satisfeito em exibir, também perguntava se alguém queria tocar. A gente saía correndo e gargalhando, ele atrás, balançando a coisinha minúscula. Isso durou até a pré-adolescência, quando o pinto passou do tamanho unha para salsicha aperitivo. Foi justamente tia Zélia, a defensora de Betinho, quem o viu exibindo a vergonha – e aquilo era realmente uma vergonha – para as meninas. Betinho tomou o primeiro gancho da vida, mas tia Zélia arrumou um jeito de nos culpar também: se vocês não incentivassem, ele nunca teria essa ideia.

Vi Betinho poucas vezes depois que crescemos, em um dos casamentos dele, nos noventa anos da minha avó, no enterro de alguém. Um menino grande, só que careca, do tipo que olha para a bunda da interlocutora tão logo ela se vira – e bota defeito. Sempre com alguma namorada nova, falando alto no restaurante. Pelo que sei, trabalha com vendas e volta e meia não paga a pensão dos filhos. Fico pensando em como tia Zélia, minha avó, nossas mães, as primas, nós todas fizemos mal ao Betinho nos submetendo às suas vontades e rindo das idiotices dele. Mas aí já estou fazendo o papel da tia Zélia e dividindo a responsabilidade. Cada um que seja responsável por sua própria escrotidão.

– Quero.

A voz da dra. Tiane interrompeu minhas memórias. Abri o fecho e ela virou o rosto.

– Jesus.

SEIS

Roney também foi ao escritório e levou Valéria. A dra. Tiane, afinal, era contato da mulher dele. Valéria a vacinava uma vez por ano no posto de saúde em que trabalhava. Os dois sentaram longe de mim, Valéria olhando para as minhas pernas cabeludas sem disfarçar o contentamento. O grande momento de uma atual esposa ciumenta devia ser esse, ver a ex do marido virada no que de menos atraente poderia existir, um baixinho de bermuda emprestada e havaianas dos Simpsons.

A advogada disse que nunca havia se deparado com uma situação similar em toda a sua carreira. Toda a sua carreira? Com evidentes trinta e pouquíssimos anos, estava claro que a dra. Tiane não passava de uma estagiária no escritório Almeida, Alcântara & Filha. Onde andavam o Almeida e a Alcântara, ou vice-versa? Por que raios haviam me designado a filha? Uma rica filha, preciso admitir. Os olhos dela transbordavam juventude e confiança. De tão lisa e viçosa, a pele chegava a comover. E que pernas. Mas não era de uma loirinha inexperiente que eu precisava. Eu queria competência.

Então percebi que eu já estava pensando como um homem. Por que diabos a advogada não podia ser competente só por que era bonita? Urgia reverter aquela transformação o quanto antes para que eu não me apanhasse dando em cima da bela, e jovem, e sedutora, e atraente, e irresistível dra. Tiane antes de terminada a nossa sessão.

O problema era meu, mas – típico – quem se apossou da palavra foi Roney.

– O melhor seria a gente registrar o desaparecimento da Celina Machado. Se a polícia procurar, não vai encontrar o corpo nunca. E ela... ele pode viver desse jeito sem causar constrangimentos para os outros.

– Constrangimento é ouvir o pai do meu filho dizer essa barbaridade.

Roney se levantou para melhor discursar diante da plateia formada por três mulheres – eu incluída. Enquanto andava pela sala, gesticulando, ele falava cada vez mais alto, impedindo os apartes da dra. Tiane e cuspindo verdades junto com saliva.

– Quem é que vai sentir falta da Celina Machado? Não tem família. Uma única amiga, se é que ainda se dá com aquela desavergonhada da Solange. Não namora ninguém há anos. E o pobre do Chico, bem, de alguma maneira ele vai continuar tendo mãe. Ou o que seja.

– Cala a boca, Roney. A gente está aqui por minha causa, não pra ouvir a tua palestra.

– Parou com o chilique. Agora tu não tem mais TPM pra justificar.

– Mais respeito, amor. TPM não é piada.

Foi Valéria quem interrompeu o festival de barbaridades do homem que um dia eu amei. Pensando bem, não amei coisa nenhuma. Apenas fui ficando com Roney do mesmo jeito como fiz tantas vezes na vida, no banco, na minha terapeuta e no grupo de WhatsApp do colégio de Chico. Fui ficando por achar que faria falta, que alguém poderia sofrer com a minha ausência. Preocupação que ninguém teve nos incontáveis pés na bunda que a vida me deu.

– Ela... ele... essa coisa tem que ser razoável e sair de circulação. É o autocrime perfeito.

Periga até o Chico receber uma herança.

– Que herança?

– O apartamento quita se tu morrer, não quita? E que eu saiba tu tem seguro, previdência.

– Meu filho vai ter mãe por muito tempo ainda. Logo eu volto a ser como era. Maravilhosa.

Foi a primeira vez em que me elogiei – e com plateia. Maravilhosa. Eu era maravilhosa e passei quase que toda a vida sem me dar conta disso. Ah, se houvesse o guichê do arrependimento para eu entrar na fila mil vezes.

– Maravilhosa é um pouco demais.

– Eu peço ao senhor que respeite a minha cliente.

– Doutora, eu só estou pensando no meu filho. E se levar vinte anos pra isso aí reverter? Melhor resolver logo. Some a Celina e entra essa... essa coisa. Vai ser melhor pra todo mundo.

A voz da dra. Tiane subiu mais que a de Roney:

– Isso que o senhor está propondo é crime.

E com uma voz sem qualquer sinal de pânico, olhando nos meus olhos:

– A primeira coisa que a gente vai fazer é providenciar um nome social. Pra evitar alguma violência quando você disser "Celina". Vamos começar a proteger você.

Olhando nas fuças de Roney:

– Inclusive de quem está perto.

SETE

Escolhi Afonso.
   O nome do meu pai.

OITO

Da onde menos se espera, não é que sai alguma coisa? Fui ao escritório da dra. Tiane apenas por desespero e consegui uma tênue alegria. Ver Roney tomar uma enquadrada e, melhor ainda, não ser defendido nem pela atual esposa que odiava a ex, não tinha preço. Agora era esperar para ver quanto me custariam os honorários dela. Em último caso, venderia o meu Celta.

    Almeida & Alcântara tinham educado muito bem a filha. Não podia deixar de dar os parabéns a eles quando nos encontrássemos. Mesmo antes da minha desgraça, se havia algo que me animava nos últimos tempos era a forma como as meninas se portavam diante da vida. Aquela conformidade que eu via em mim e nas minhas amigas não era diferente da submissão da minha mãe e da minha avó. A diferença é que a gente transava com quem queria. E com quem não queria, também, apenas por não se achar no direito de dizer não. Ora, não se achar no direito de dizer não. Se as meninas não precisavam mais passar por isso, um viva às mulheres da minha geração – com todas as suas inseguranças e contradições. De alguma maneira, as nossas experiências, incluindo as péssimas, serviram para criar uma geração porreta. Como era possível ver em Roney, que há mais de dez minutos não falava nenhuma inconveniência, um recorde para o histórico dele. E que agora, com o rabo entre as pernas, excluído da conversa das três mulheres – eu entre elas –, mexia no celular como se estivesse muito interessado nas piadinhas de tio do churrasco de seus inúmeros grupos de WhatsApp.

    Na calçada, Valéria se despediu de mim com um aperto de mão. O primeiro contato educado entre nós desde que a conheci.

NOVE

Provador da loja de departamentos. Eu não queria comprar roupas masculinas, mas como ir aos órgãos da burocracia com a bermuda de hibiscos de Chico – tão apertada que o cós já estava tatuado na minha pele? A opção foi pegar o que de mais barato encontrei. Todo magazine sempre tem uma arara de "últimas peças", coisas feias que sobraram com preços não exatamente pequenos. Ainda assim, era o que de menos caro havia. Gastar dinheiro com o meu corpo transitório, nem pensar.

Estranho avaliar a calça. Até dois dias atrás eu olharia incontáveis vezes para a bunda, fazendo pose e analisando o efeito. Parece caída, parece sem volume, parece que estou de fralda geriátrica? Meu novo corpo não pedia tanto capricho. Virei um homem sem qualquer relevo traseiro, a calça pendia livre como uma cortina. Lembrei das minhas amigas, várias, que adoravam bunda de homem. Era mesmo um diferencial.

Para contrabalançar minha bunda negativa, vinha a barriga positiva que fazia do fechamento da calça uma tortura. O zíper acabou pegando no meu pênis em uma das tentativas. Gritei alto. E agora? Se continuasse subindo, a pelezinha iria junto. Quantos já não teriam se autocircuncidado no provador das lojas Renner? Fiquei parada sem coragem de mexer o zíper. A primeira gotinha de sangue abriu caminho para outra. E outra. E mais outra. Lembrei dos filmes de ação em que o protagonista fica imobilizado sob uma rocha, ou aprisionado nas ferragens de um carro, ou embaixo da fuselagem de um avião. Agora eu sei como eles se sentiam. Antes que o sangue manchasse a calça que eu não pretendia levar, puxei o zíper para baixo de uma vez só.

Saí do provador pálida e em busca de uma calça semibag. Se não encontrasse, levaria uma bombacha. O terno, essencial para os compromissos mais formais que me esperavam, compraria bem largo também. Quando tudo terminasse, eu queimaria o figurino inteiro na churrasqueira do condomínio. Os últimos vestígios do homem que eu nunca quis ser incinerados em meu sacrifício.

DIA 3

UM

Depois de muito examinar meus documentos à cata das semelhanças entre a Celina Machado da foto e o Afonso Machado que estava na sua frente, o funcionário do cartório encaminhou minha nova identidade.

Com o nome social eu poderia voltar ao meu trabalho, disse a dra. Tiane. O banco não me acusaria de abandono de emprego, eu estaria ali em pessoa, apenas com mais pelos, no exercício das minhas funções. Como isso seria recebido pela gerência e por meus clientes, bem, esse era outro assunto. Mas a lei estaria do meu lado em caso de preconceito ou, na pior das hipóteses, de uma demissão.

O nome social asseguraria também que a previdência, o seguro-saúde e tudo o mais que eu pagava em nome de Celina Machado continuasse valendo. A prova que me resguardava das suspeitas de fraude. Era pouco diante do caos em que eu estava mergulhada, mas me garantia um mínimo de tranquilidade para sobreviver.

DOIS

Com a inesperada ajuda de Valéria ("deixa ela ver o filho, amor"), Roney havia permitido que eu me encontrasse com Chico – desde que com ele junto. Cheguei ao McDonald's quase uma hora antes do combinado. A vontade de abraçar meu filho e de chorar sentindo o cheiro dele era quase física. Nós dois tínhamos uma relação que causava inveja a outras mães sempre em pé de guerra com seus rebentos revoltados. Havia problemas, claro, resolvidos na base da conversa, eu sem pentelhar, com a paciência que meus pais nunca tiveram comigo, Chico dando uma patada e outra, nada muito grave. Não era fácil, mas estava dando certo. E se agora eu começasse a ter um comportamento típico de pai com Chico?

O menino vendo TV, eu passo e dou um tapa na cabeça dele, tão forte que desloca o pescoço do coitado: demonstração de afeto. Roney fazia isso com a justificativa de que amor de homem é assim.

O menino tira uma nota baixa e eu aplico-lhe um sermão interminável sobre o único dever que ele tem, o de estudar, e a iminente transferência para uma escola pública (que não deveria ser ameaça) caso ele não traga um 10 para casa no mês seguinte. Ele não traz e eu repito o sermão – e a ameaça – até o fim do colégio. Até o fim dos tempos.

O menino é chamado por mim de veado, filho da puta, pau no cu, não para ofender, mas como formas de tratamento brincalhonas.

O menino não se manifesta sobre meninas, então eu desfio minha vasta experiência com mulheres (arrã) para estimular que ele saia pela rua "comendo essas mulher tudo" (sic).

O menino é deixado de lado no caso de eu arrumar uma namorada.

Não sei se todos os pais são assim. Vários que eu conheço, são. O de Chico é. Pode não ter relação com ser homem, pode ser uma coincidência. Acho mesmo que existe um novo modelo de paternidade em implantação. Mas não quero arriscar, prefiro continuar sendo a mãe do meu filho. Mesmo que eu precise fazer isso portando um pinto, vai ser melhor para mim e para ele.

TRÊS

Eu já havia tomado três milk-shakes de Ovomaltine quando o vi chegar. Meus três primeiros na vida. Até então, apesar da vontade, eu evitava para não alimentar minha celulite. Pelo menos homem não tem celulite, não muita, que eu saiba. Chico caminhou de cabeça baixa e sentou duas cadeiras distante de mim. Roney ficou em outra mesa, vigiando.

– A mãe tá louca de saudade, filho.

– Não me chama de filho e não diz que tu é minha mãe. Eu não quero que ninguém ouça isso.

– Se tu sentar mais perto, a mãe... eu posso falar mais baixo.

Chico trocou de cadeira com a cara amarrada, mas tão rápido que ousei pensar que ele também queria ficar mais próximo. Comecei a chorar.

– Não faz isso aqui. Tem gente olhando.

Mas eu não conseguia parar. Então ele me abraçou. Mães, e acho que pais também, vão concordar comigo:

não há consolo que se compare a ter o filho da gente junto ao corpo.

Durou um minuto, talvez. Chico se afastou constrangido em direção à fila para comprar um lanche. Ainda estava me recompondo quando o WhatsApp chamou.

Não toca no menino. Tu pareces um velho pederasta.

Da sua mesa, Roney me encarava.

Chico voltou com a bandeja cheia de gordura trans e carboidratos ruins. Abri com os dentes os sachês de ketchup, aqueles com um picote que não serve para nada. Gostaria de dizer tanta coisa, mas preferi calar. Tinha medo de falar alguma coisa errada e estragar a paz entre nós. Olhando de fora me vi, em forma de homem, sendo machista comigo.

Quem rompeu o silêncio foi Chico.

– Quero ir pra nossa casa.

QUATRO

Roney não fez qualquer objeção à vontade do filho. Não apenas nos deu carona, como mandou entregar a mochila do menino por um Uber menos de meia hora depois. Devia estar louco para retomar a vidinha a dois com Valéria. Um adolescente não é exatamente um fator de romantismo em casa.

Ao tentar me esconder a todo custo, talvez a grande preocupação de Roney fosse proteger a própria masculinidade. Se a ex-mulher dele virou homem é porque ela já tinha tendências. No fundo, no fundo, Roney esteve casado por doze longos anos com um homem de espírito – que sabe-se lá a que o submetia entre quatro paredes. Eu virar homem fazia de Roney, no fim das contas, menos homem, um prato cheio para os churrascos dos amigos. Precisava ser muito mequetrefe para elaborar algo assim, mas eu confiava no potencial dele.

Chico foi direto para o quarto. Videogame, computador, som, televisão, ar-condicionado, ventilador, o que foi possível ligar, ele ligou. No meio da balbúrdia, o barulhinho incessante do WhatsApp denunciava a, digamos, vida social do garoto.

Meu filho sobreviveria ao trauma.

CINCO

Liguei para Solange, minha melhor amiga da vida inteira, que eu conhecia desde o colégio e com quem rompi no segundo turno das eleições de 2018. Perto de tantos que nunca mais falaram com o pai, a mãe e os irmãos, até que me considerei no lucro.

    Solange tinha os mesmos planos que eu aos quinze anos. Ambas fazíamos o profissionalizante de Turismo na escola estadual onde estudávamos, ambas queríamos viajar pelo mundo conduzindo grupos. A intenção não sobreviveu a duas aulas com a professora que só falava de tabelas e conversões. Em vez de Egito, Patagônia ou Ilha da Páscoa, cálculos e outras chatices que, na época, eu não considerei dignas de aprender. A falta que isso me faz hoje, quando passo as noites na internet em busca de viagens baratas.

    Aos quinze, Solange era mais bonita, mais engraçada e melhor que eu nos estudos, nos esportes e nas piadas. Eu seria capaz de morrer por ela. Aos dezessete, ficou com Tolfo na festa de alguém. Tolfo, nascido Astolfo Junior, filho de um oficial da Brigada Militar, um dos únicos garotos sem espinhas do colégio. A maioria dos meninos estava tão acometida de acne que, se ficasse com qualquer um, eu temia um vazamento do líquido amarelo das lesões deles na minha cara. Eu só admitia Tolfo, e Solange sabia. Mais que isso, ela afirmava desprezar o garoto que se gabava de já ter ficado com várias alunas mais velhas e até com uma professora. Mas logo os dois estavam namorando e eu me obriguei a aceitar o papel da amiga que saía junto só para que eles pudessem transar atrás de um muro qualquer. Os pais de Solange pensavam que eu segurava vela para o casal, mas quem segurava a vela era Solange, com o perdão da grosseria.

Solange e Tolfo se separaram no dia seguinte à formatura do segundo grau, com certeza de olho nas possibilidades sexuais da faculdade. Só que Tolfo foi para a academia de polícia e Solange, depois de cursar direito, fez concurso para delegada. No fim das contas, teriam muito em comum, se continuassem juntos. Organizei o bota-fora de Solange quando ela foi transferida para Tupanciretã, no interior do Rio Grande do Sul e, mesmo que só por telefone ou carta, nunca nos separamos. Eu contava dos baixos e baixíssimos do banco e do meu casamento, ela me atualizava sobre suas paixões. Noronha, Augusto, Carlinha, Osmar, Ligório, Betina, Soares, Josberto, Milton. Solange passou o rodo no interior gaúcho. Cheguei a considerar um pedido de transferência para alguma agência do banco na fronteira, talvez a forma de começar uma existência tão excitante quanto a da minha amiga. Solange me desestimulou, na opinião dela eu havia nascido para cuidar de marido. Não concordei, mas também não me transferi. Com as redes sociais, nossa amizade ficou ainda mais intensa.

Então, em 2015, Solange voltou para Porto Alegre, lotada em uma delegacia de bairro nobre. Nossa amizade retornou ao modo presencial, Roney e Chico chegavam a reclamar de tanto grude. A essa altura, Solange estava separada de seu sexto marido e havia conhecido Adélia, uma advogada que não simpatizava comigo. À medida que a relação das duas ficava mais forte, Solange foi incorporando algumas características da namorada. Passou a defender a economia liberal e o fim do ensino público e do financiamento à cultura, entre outras ideias do tipo. E quem era eu, gerente de banco privado, para achar ruim? Só que não resisti quando ela colocou uma foto de perfil fazendo arminha. Arminha era demais. A discussão pública na sequência terminou com ofensas e com nós duas jurando nunca mais trocar palavra uma com a outra.

Ainda assim, Solange atendeu o celular ao primeiro toque.

– Pensei que a gente nunca mais fosse se falar.
– Preciso te ver.

– Pegou uma gripe? Tua voz tá estranha.

– Até peguei uma moléstia, mas não é contagiosa.

Ela viria assim que saísse da delegacia, tão logo prendesse os malfeitores do dia. Que reação minha ex--melhor amiga teria ao me ver, essa era tão imprevisível quanto o preço da gasolina, do dólar e de todos esses índices que os liberais descontrolam a seu bel-prazer.

SEIS

Meu braço ainda doía da chave que ela me deu. Antes que eu pudesse entender, estava de cara no chão, o braço esquerdo torcido e encostando no ombro direito. Uma dor que eu ainda não havia sentido, nem no parto, nem quando Chico me acertou as bolas. Ou a dor é uma escala infinita, ou o corpo zera a memória depois de cada trauma – e o próximo volta a ser o pior.

Comecei a gritar e Chico veio do quarto já com a raquete de acertar bandidos na mão. Ele tentou me libertar do ataque de Solange, mas uma delegada no suposto cumprimento de seus deveres é muito mais forte do que uma mulher virada em homem e um menino virado em adolescente. Logo estávamos os dois de cara no chão, mãe e filho subjugados.

– Tia Solange, não machuca a mãe.

– Tu drogou o menino, vagabundo?

– Vou chamar a minha advogada e tu vai responder a um processo por abuso de poder, conduta violenta e burrice. E solta o meu filho!

Solange me algemou e logo eu estava na mira do revólver dela. Aquilo estava passando de qualquer limite. Em três dias eu já havia sido ameaçada e apanhado mais do que em 48 anos de existência. Então era isso que acontecia com as trans, as travestis, com todo mundo que deixava para trás uma pele e assumia outra? Com o detalhe de que eu sequer queria ter me transformado, o que em absoluto me servia de atenuante.

– Chico, levanta e senta naquela poltrona, bem longe do meliante.

– É a minha mãe.

– Que tipo de tóxico tu deu pra essa criança? Só pra constar, isso vai aumentar bastante a tua pena.

– Eu quero a minha advogada.

Pela make e pelo cabelo cuidadosamente esculpido só de um lado, a dra. Tiane estava se preparando para alguma festa de coluna social. Foi a própria Solange quem abriu a porta para ela, revólver em punho para exigir a carteira da OAB antes que a advogada pisasse no apartamento.

Solange não acreditou na minha história, nem no depoimento de Chico e muito menos no testemunho da dra. Tiane. Disse que havia alguma coisa muito errada ali, e havia mesmo, e que acionaria a equipe da Homicídios para investigar. Na opinião experiente dela, eram três as hipóteses a considerar.

1. Roney, enfrentando problemas financeiros, havia me assassinado com a cumplicidade de Chico para ficar com o apartamento e algum seguro de vida que eu tivesse em nome do meu filho. Tudo em conluio com a dra. Tiane, provável amante de Roney. Os envolvidos afirmavam que eu havia virado homem para evitar as buscas pelo meu corpo. Pontos da investigação: onde estava o corpo? Por que razão aquele homem (eu) se prestava a participar de uma história sem pé e nem cabeça? Quem era aquele homem (eu)?

2. Chico me matou acidentalmente em uma discussão entre mãe e filho. O motivo seria descoberto quando começassem os interrogatórios. Em pânico, o garoto chamou o pai para ajudar a encobrir o assassinato. Roney, que nunca foi muito inteligente mesmo, sumiu com o corpo e inventou o álibi perfeito – eu havia virado homem – para evitar as buscas pelo meu cadáver. Só mesmo uma anta juramentada como Roney para pensar em um álibi estúpido como esse. A dra. Tiane, amante de Roney, era cúmplice da tramoia. Pontos da investigação: onde estava o corpo? Por que razão aquele homem (eu) se prestava a participar de uma história sem pé e nem cabeça? Quem era aquele homem (eu)?

3. Eu mesma, em plena crise da meia-idade, havia ido embora do país e inventado a história mais absurda de todas, que eu havia virado homem, deixando em meu lugar um idiota que se prestava a esse papel ridículo, com certeza em troca de dinheiro. O tal homem teria como principal função cuidar de Chico, não havia quem não soubesse que Roney era um imprestável. Chico estaria sendo drogado pelo sujeito desde a minha partida para corroborar com a versão. O papel da dra. Tiane seria esclarecido durante os interrogatórios. Pontos da investigação: onde eu estava? Quem era aquele homem (eu)?

Solange já havia visto de tudo em sua longa carreira de delegada, menos mulher acordar homem. Por conta disso, desconsiderou o que tentamos explicar e foi embora nos ameaçando de falsidade ideológica e homicídio qualificado, faltando apenas estabelecer quantos seriam os agravantes. A dra. Tiane voltou aos preparativos no salão de beleza, e Chico se internou no quarto, saindo apenas para jantar a pizza de sushi que ele adorava. Quem inventou a pizza de sushi é que merecia a prisão sumária, e sem direito a fiança. Depois eu é que era a aberração.

Rafa viria para jogar com Chico um game de mortandade qualquer. Preferi me recolher. Não havia razão para constranger meu filho logo agora que a nossa relação recuperava um milésimo da confiança. Mantivemos a versão oficial de que eu havia viajado e um tio do interior estava passando uns dias na nossa casa por causa de um concurso público. Nada mais crível que um tio do interior fazendo um concurso público na capital.

    Agora eu tinha, além de todos os meus problemas, uma investigação policial encaminhada contra mim. Ser acusada da minha própria morte não era mais que o fechamento perfeito para o que vinha me acontecendo. O absurdo sempre pode ficar mais absurdo. É só abrir qualquer jornal para comprovar.

SETE

Tarde da noite, diante do espelho. Nunca passei tanto tempo diante do espelho quanto nessa versão homem. Triste não significar vaidade, mas espanto.

Minha barba crescia com falhas, mas crescia. Quando queria debochar do filho ainda imberbe, Roney dizia que eu tinha mais barba do que o menino. Agora a piada sem graça era realidade. Também vinha percebendo que minhas rugas haviam diminuído. O investimento em cremes caros enfim deu resultado – mas para a pele masculina. Já os anos pagando academia nada significaram para o tórax, os braços, as pernas que eu via. Virei um homem sem músculos, o corpo exato do meu pai. Eu era o filho que ele não teve.

Dormi com a esperança cada vez mais vaga de acordar Celina. Uma coisa era certa. Estava entrando no quarto dia da minha transformação e, independente de quem eu fosse na manhã seguinte, não poderia mais me esconder dos outros.

Nem de mim.

DIA 4

UM

Ele se chamava Ascânio e vinha de quinze em quinze dias à agência para nos torturar com metas a serem atingidas. Representava a direção de São Paulo. Eu chegava a sonhar com as ameaças de perder o emprego se não enfiasse goela abaixo dos meus clientes seguros, títulos de capitalização, empréstimos, financiamentos, renegociações com os juros nas alturas. E eu enfiava. Ouvia os lamentos deles com a minha cara mais compreensiva só para oferecer novos créditos que, na hora, pareciam a salvação. Em troca, vendia um produto qualquer, o que fosse possível atolar no momento, mais uma prestação para se juntar ao bolo. Com a dívida maior, eles não demoravam a voltar em busca de crédito para pagar os empréstimos anteriores. E quando já não pudessem pagar, o banco tomaria o que ainda tivessem. Eu e meus clientes apenas seguíamos esse roteiro fingindo desconhecer o fim.

Logo que entendi como a coisa funcionava, tive uma queda de cabelo violenta diagnosticada como "alopecia areata causada por stress". Enquanto meus clientes perdiam tudo, buracos carecas apareciam em diferentes pontos da minha cabeça. Fui obrigada a aceitar, à custa de muito remédio, que devia separar a vida dos correntistas da minha. Os cabelos voltaram a crescer, mas muito mais finos que antes. E nunca mais com o mesmo brilho.

Voltando à Ascânio, o que me chamava a atenção nele era, justamente, a cabeleira vasta e lustrosa. Aquele homem não havia perdido um fio sequer por conta do calvário dos correntistas. Dos funcionários, muito menos. Mais que uma evidência genética, isso dizia muito sobre a personalidade dele. E era Ascânio quem estava sentado ao lado da minha supervisora, alisando a franja, enquanto ouvia sobre Afonso Machado.

– Mas como é que tu escondeu isso por tanto tempo, Celina? Desculpa. Afonso.

Eu gostava de Eliane, a supervisora da agência, mulher prática que tinha ânimo para aulas de dança do ventre na saída do trabalho. Se Afonso fosse um funcionário tão eficiente quanto Celina, Eliane teria apenas que se acostumar a chamá-lo pelo novo nome. Não seria um drama para ela, nem para mim, acostumada a provar minha competência para cada avaliador bosta que vinha de São Paulo, para cada investidor com uma merreca sobrando que preferia ser atendido por um homem ao abrir uma mísera caderneta de poupança.

– Eu precisei me aceitar antes. Foi isso.

– Eu não sei se tu pode lidar com o público. Vai ser um choque muito grande pra nossa clientela.

– Eu continuo igual. A mesma, o mesmo. Deixa eu sentar na minha mesa que te mostro.

– Antes eu preciso falar com São Paulo. Reportar a situação. E tu vai precisar de um crachá novo, a foto do teu ficou muito... muito desatualizada.

– Verdade. Parece aquelas identidades de criança que a gente continua usando depois de grande. A minha é uma identidade de outra vida.

– Eu vou começar ligando pra Tamires, do departamento de pessoal.

Óbvio que o silêncio de Ascânio não estava de acordo com a máxima do quem cala, consente. E foi alisando a franja ondulada que ele se manifestou.

– Calma com o andor. A coisa não é tão simples assim.

DOIS

Quando você é mulher, branca, quarenta e poucos anos, com um emprego meia-boca – mas com um emprego –, você acha que os seus problemas, que não são poucos, são os mais importantes do universo. Para você, são mesmo. E a humanidade que se foda.

Mais egocêntrico e individualista que uma mulher branca, quarenta e poucos anos, com um emprego meia-boca – mas com um emprego –, só mesmo um homem nas mesmas condições. Mas não precisa ser nenhum gênio para concluir isso. Basta pensar na forma absolutamente descontrolada com que os sujeitos à sua volta lidam com as dificuldades do trabalho e da vida pessoal. Agora mesmo deve ter um surtando aí perto por causa de um prazo de entrega apertado ou do futebol que ele não conseguirá ver. É assim que é.

Eu não me considerava uma pessoa egoísta, apenas não tinha cabeça para pensar nos refugiados do mundo se não conseguisse pagar meus carnês. Se levasse um pé na bunda de alguém, isso me parecia mais urgente que os abusos e violências sofridos pelas demais mulheres do planeta. Hashtag primeiro eu. É assim que eu era. Mas agora eu habitava um território que não era eu, que não era nada, que nem eu reconhecia, quanto mais os outros. Percebendo essa fragilidade, Ascânio e sua franja pavorosa não me queriam de volta ao banco.

    O que os clientes vão pensar?

    E os que são contra essa coisa de LGBT-sei-lá-o--quê?

    E se a instituição perder correntistas por sua causa?

    Eliane tentou ajudar, mas o que podia uma supervisora de agência contra o representante máximo do capitalismo entre nós, o mais próximo dos olhos do dono que São Paulo se dignava a enviar para o fim de mundo chamado Porto Alegre? Liguei para a dra. Tiane assim que pisei na rua. Vamos acionar, ela falou. Botar no ventilador. Espalhar essa história. Fodam-se todos. Mas Chico prefere que ninguém saiba, eu disse. Foda-se o Chico, espero você no escritório às cinco.

    Comprei hambúrguer congelado para fazer o McMãe que meu filho adorava. Depois que a louça estivesse lavada, mas só depois, eu contaria a ele sobre a merda no ventilador.

TRÊS

A dra. Tiane disse, não adianta chorar, quanto mais você se abate, mais difícil é enfrentar tudo isso. Não era um conselho original, já vi pílulas de autoajuda mais eficazes, mas a combinação da voz dela com um perfume que eu mesma costumava usar depois do banho me deu a única sensação de bem-estar desde o começo da minha tragédia. Então ela secou minhas lágrimas com o dedo, o que só provocou mais lágrimas, o dedo dela um ímã a atrair a água que escorria dos meus olhos. Quando ficou óbvio que eu não pararia tão cedo, a dra. Tiane me abraçou de corpo inteiro, o cheiro tão familiar que parecia eu mesma me abraçando.

No instante seguinte eu já estava beijando minha advogada na boca. Ouvi uma porta abrir, a secretária dela ou outro cliente? Seja quem for, saiu quando nos viu agarradas no meio da sala. O único som que sobrou foi o do cuspe passando de uma boca para a outra. Não sei quem começou a tirar a roupa de quem. Era a minha primeira vez com um pênis, mas eu não estava nervosa. De tanto padecer com pintos apressados, desajeitados, desleixados, desinteressados, pintos inábeis pelos mais variados motivos, eu me sentia apta a fazer a coisa direito – como sempre quis que fizessem comigo. Era a primeira vez que meu pênis endurecia, e achei interessante a agonia que isso me provocou. Seria para pôr fim a essa aflição que a maioria terminava tudo tão rápido? Também podia ser por medo de que aquilo não demorasse a murchar, é voz corrente que qualquer fator, um pensamento inconveniente ou o miado de um gato, pode acabar com a ereção mais compacta. Os homens, na verdade, posam de rochas maciças resistentes sólidas indestrutíveis, mas bem que são mais assustados que a gente.

A dra. Tiane gemia como a minha cadeira de balanço da sala. Parecia sincera. De fingimento eu entendia, e nem sempre a causa era o desempenho dos meus eventuais parceiros. Muitas vezes eu simplesmente não queria nada que não fosse deitar com uma roupa horrorosa, de preferência sem banho, no escuro da minha cama toda desarrumada. Não queria nem a conversa e nem o toque de outro, mas o que fazer quando a situação se arma de um jeito que o intercurso, por mais breve que seja, é a única saída?

Só chamar foda de intercurso já mostra o interesse da pessoa.

Antes que me digam: sim, o intercurso não era a única saída. Mas teve um tempo em que não se dizia não, sei lá por que razão, quer dizer, sei, por receio de desagradar. Entre desagradar a um fulano que, não raro, eu mal conhecia, e desagradar a mim mesma, eu escolhia a segunda alternativa. O nome disso é autoestima rasteira. A baixa era negar alegando dor de cabeça. Como disse um amigo na noite em que resolveu me assediar por pura falta do que fazer: o que me custava dar?

Mas nada disso vinha ao caso com a dra. Tiane. A sorte grande de juntar dois seres desconhecidos e se obter a combustão estava consumada. Eu já não aguentava mais e, quando pensei que descobriria o supremo mistério masculino do gozo, acordei.

Meu primeiro sonho erótico na versão homem foi na poltrona da sala, depois do almoço. Com a minha advogada.

QUATRO

Ela me trata bem.
    Ela me olha nos olhos quando fala comigo.
    Ela ri do que eu falo.
    Ela presta atenção no que eu digo.
    Só falta eu achar que esses são sintomas de que ela está interessada em mim, como tantas vezes sujeitos que não me interessavam nem um pouco acharam. Com um detalhe: os que confundiram a minha boa educação com interesse e que não eram, eles mesmos, interessados na minha pessoa, ainda deram um jeito de se afastar totalmente. Amigos, colegas, algum vizinho, um conhecido, um a um eles sumiram. Isso eu nunca farei – se for preciso mesmo encerrar meus dias como Afonso.
    Eu pareço um homem. Mas só pareço.

CINCO

Chico pediu para Rafa vir à nossa casa. Queria contar a triste história da mãe para o seu amigo? namorado? antes que eu virasse notícia de jornal.

Os dois entraram no meu quarto. Chico foi sintético.

– Agora ela é assim.

Rafa se aproximou como quem chega perto de um cachorro grande, mas que não morde ninguém. Me senti um collie velho quando ele passou a mão na minha cabeça.

– Tá ralinho.

– Para com isso, garoto. Falta muito pra eu ficar careca.

No minuto seguinte eu estava respondendo às perguntas dos dois. O fato de Rafa aceitar bem a minha metamorfose influiu no jeito de Chico me tratar. Ficamos os três deitados na minha cama, eu aproveitando para fazer um ou outro carinho de leve no meu filho.

– Tia, agora tu gosta de homem ou de mulher?

– Essa é a última das minhas preocupações. Aliás, devia ser a última preocupação de qualquer pessoa. Gosta e pronto, grande merda se é mulher ou homem. Tem que ser muito pau no cu pra se importar com isso.

– Mãe, tu não falava tanto palavrão antes disso acontecer.

Ele me chamou de mãe. Chico disse: mãe. Do mesmo jeito como sempre me chamou desde que começou a falar. E disse aquele *mãe* – segundo algumas fontes, a palavra mais falada no mundo em todas as épocas, independente da língua – seguido de uma crítica, como sempre havia sido desde que começou a falar.

– Tem razão, vou maneirar. Daqui a pouco serei igual a esses sujeitos que, se não gostam de alguma coisa, dizem: é foda. E, quando gostam, dizem é foda também.

Os meninos concordaram: era foda. Esgotadas as respostas que eu sabia dar, eles passaram a dividir comigo a sensação de "e agora?" que me acompanhava há quatro dias. E isso foi um consolo e tanto na minha tragédia.

Chico e Rafa foram para o quarto jogar algum game sem qualquer sentido. Eu vesti o terno da Renner e chamei o Uber para o escritório da dra. Tiane. Que jamais imaginaria o que havia acontecido entre nós duas na minha inocente sesta.

SEIS

O board da Almeida, Alcântara & Filha estava à minha espera. Uma surpresa: não havia filha alguma. Almeida era a sócia de Tiane Alcântara, igualmente jovem, pouco mais de trinta anos, só que grande e agressiva. Quase chorei ao ouvir o boa-tarde gritado que ela me deu. O escritório eram apenas as duas. O Filha do nome havia sido uma estratégia da dra. Tiane para aparentar tradição. Esperta, a minha advogada.

– Nós pensamos muito, examinamos casos do mundo inteiro e não achamos nada parecido com a sua situação.

– Por favor, doutora, não me deixa sozinha.

– O escritório não vai te abandonar, porra.

Almeida, a sócia gigante, deu uma patada na mesa.

– Deixa a Tiane falar, depois tu chora.

Fiquei muda. Surpresa. Assustada. Ofendida. Tudo junto. Era assim que a mulher das cavernas tratava uma cliente?

– Celina, eu conversei bastante com a Almeida e mudei de opinião. Nós achamos que você não tem que trocar de nome. Você continua sendo a mesma pessoa, a sua mudança é apenas física.

– Mas.

O olhar que Almeida lançou fez as palavras desaparecerem da minha boca.

– Se você engordasse, digamos, trinta quilos. A sua aparência mudaria, mas você continuaria sendo a mesma Celina.

– É que.

Almeida se levantou da mesa. Bufou. Andou pela pequena sala como uma tigra braba até parar ao lado da minha cadeira.

– Se você fizesse uma plástica e mudasse tudo no rosto, ainda assim seria a mesma pessoa. Compreende o que eu quero dizer?

Azar se a giganta me desse um soco. Melhor morrer de uma vez do que ver onde aquilo ia parar.

– Não.

– Você agora tem um pênis, mas não deixou de ser a Celina. Continua pensando, agindo, sentindo, sendo a Celina. Tem que continuar fazendo o que sempre fez, com o nome que sempre teve, é seu direito. E nós vamos lutar junto com você por tudo isso.

– Vocês não entendem. Como é que eu vou aparecer desse jeito diante da minha tia Glecy e dizer que ela pode continuar fazendo xixi na minha frente? Ela nunca vai aceitar. Ainda mais nesses tempos de intolerância!

– Azar da tia Glecy. E, dependendo do que ela falar, nós ainda tocamos um processo e tiramos até as calças dessa velha.

Eu não tinha uma tia Glecy, era apenas um exemplo. Minha família era o Chico, o resto todo havia se perdido depois da morte dos meus pais. Os poucos que tentaram me adicionar no Facebook, recusei. E pouco me importava o que eles pensariam quando – se – ficassem sabendo da minha metamorfose. Só que Almeida não era mulher de sutilezas e, ainda que eu não estivesse convencida de que elas sabiam o que estavam fazendo, não deixava de ser reconfortante aquela munaia disposta a brigar por mim. Ao menos antes de discutirmos os honorários.

– Celina. Nós chamamos uma coletiva de imprensa. Amanhã, aqui nesse escritório, você vai contar a sua história para o mundo. Só assim você vai continuar existindo.

SETE

Alô, Breison? É a Celina. Pois é, quanto tempo. Sim, eu sei que você anda assoberbado. Foi o que me disse da última vez em que nos vimos: Celina, eu estou assoberbado. Na hora achei uma palavra estranha para se usar assim, depois de transar, mas logo fez sentido. Assoberbado foi o jeito que você encontrou para me dar um pé na bunda. Não podia mais me encontrar porque estava assoberbado. Não, eu não liguei para discutir a relação. Que relação? Faz meses que a gente não se relaciona. O que eu quero, então? Eu só quero dizer que acho muito possível, extremamente possível, alguém ter um pau no meio das pernas e não ser um escroto. Se houver algum duplo sentido nessa minha frase, me desculpe, não foi a intenção. Eu acho que um sujeito pode existir sem achar que o mundo gira em torno do pau dele. Porque, sejamos sinceros, o pau do sujeito é o de menos no conjunto. Para quem se relacionar com ele, seja mulher, seja homem, seja quem for, o pau é a menor das preocupações. Não, isso não foi uma indireta para você. Dureza – e sem duplo sentido, porque nem é o seu caso – é aguentar os efeitos colaterais do pau do sujeito. Ele achar que sabe tudo – só porque tem um pau. Ele tratar as pessoas com grosseria, ele assediar, ele ser espaçoso, ele ser inconveniente – só porque tem um pau. Foi-se o tempo em que um pau conquistava o mundo. E, vamos ser honestos, a maioria dos caras não consegue conquistar nem o respeito da companheira e dos filhos. Era só isso que eu queria dizer. Tudo de bom e que você consiga ser menos vaidoso, egoísta e prepotente com as suas próximas namoradas. E, olha, fazer só o que se quer estando com outra pessoa não caracteriza relacionamento. Caracteriza apenas que a outra pessoa está com a autoestima no pé, não se valoriza, aceita qualquer merda que aparecer. Falo por experiência própria.

Alô?

Desligou, o covarde.

OITO

Já que estaria tudo perdido no dia seguinte, já que seria o início da minha carreira de aberração de programa sensacionalista, já que eu não conseguiria dormir mesmo, decidi passar a noite ligando para os grandes crápulas da minha história. E, como nunca fui sexista, para as grandes escrotas também. Não há sororidade que me impeça de achar que, infelizmente, são muitas as mulheres ignóbeis no mundo.

Antes, convidei Roney, Valéria, dona Vera e Rafa para tomarem café da manhã comigo e com Chico. A situação era tão tenebrosa que até apoio de um ex-marido imprestável estava valendo.

Próximo nome para ligar: Ascânio, o asqueroso gerente de franja.

DIA 5

UM

Levantei da cama antes das cinco, tomei um banho demorado, borrifei Good Girl, meu perfume preferido, no pênis. Ardeu um pouco, mas ficou com um bom cheiro. Coloquei uma saia de malha que ainda me servia. Apesar do calor, meias escuras para os pelos não chamarem a atenção. A parte de cima foi mais difícil. Acabei achando que o melhor era combinar a camiseta polo do tio Camilo com o blazer do terno. Não achei tão feio o que vi no espelho. Pena não ter um sapato de salto do atual tamanho do meu pé para alongar minha figura. O jeito foi recorrer a um sapatênis jamais usado por Chico.

A escolha pela saia foi natural. Era como eu me vestia antes da desgraça. Se a dra. Tiane dizia que mesmo depois da metamorfose eu era eu, melhor me assumir como eu me preferia. A bunda desaparecida me deprimia na calça do terno. Fiz um coque no meu chanel com entradas e fios brancos. Estava em dúvida sobre pintar ou não, sempre tive pavor de homem com os cabelos pintados. Não que eu fosse um homem. De qualquer modo, tinha medo de ficar com o acaju típico dos senhores que pensam aparentar juventude quando recorrem às tinturas de supermercado.

 A primeira a chegar foi dona Vera, que me ajudou a arrumar a mesa. Depois dos telefonemas da noite, me ocupei até o dia nascer fazendo bolo, deixando a mistura do pão crescer na panificadora, cortando a salada de frutas, preparando a kombucha – atual mania natureba de Chico. Até parecia um tranquilo café da manhã em família.

 – Tem certeza de que convocar a imprensa é o melhor caminho?

 A dúvida, óbvio, era de Roney.

 – Minhas advogadas acham que sim. Que é o único jeito de eu continuar com a minha vida.

 – Tamo junto, mãe.

 – Dona Vera, conto com a senhora pra continuar trabalhando comigo quando a bomba estourar.

 – Eu tenho que convencer o pastor, dona Celina. Ele não gostou dessa história.

 – Pergunta se o pastor vai pagar as suas contas. Se ele disser que sim, daí a senhora me avisa e eu procuro outra ajudante.

 Silêncio.

 Silêncio.

Mais silêncio, cortado apenas pelas colherinhas mexendo o café e o iogurte.

– Celi... Desculpa, eu não consigo chamar essa tua forma aí de Celina.

– Não precisa chamar de nada, Roney. Entra direto no assunto e não chateia.

– Cuida com o que tu vai dizer nessa entrevista. Não fala que já foi casada comigo. E preserva o nome do Chico.

– Eu não me importo, pai. Vou até fazer um perfil no Instagram, @filhodacelina.

– Pra que isso, criatura? Pra todo mundo debochar de ti na escola?

– Ninguém vai debochar dele, tio Roney. O Chico tá comigo.

Rafa segurou a mão de Chico sobre a mesa, na cara de Roney. Os dois meninos se olharam, cúmplices. Era muito para um preconceituoso aguentar. Como sempre acontece quando um desses é confrontado de perto – pelas redes sociais, não vale –, Roney encheu a boca de granola e não falou mais.

– E você vai assim, com roupas femininas?

– Foi como eu sempre me vesti. Só me sinto um pouco apertada, a eu de hoje veste uns dois números a mais que a eu de quatro dias atrás.

– Eu posso conseguir algumas coisas com uma tia minha. Vocês duas têm quase o mesmo corpo.

Não era porque eu estava sem cintura e sem bunda que usaria os refugos da tia de Valéria. Mas precisava reconhecer que a atual senhora Roney fazia o possível para ser empática – na contramão do marido. Disse a ela que trouxesse o espólio da velha, alguma coisa a gente sempre aproveita. Passava das 9h30.

– Quem vai comigo?

Chico e Rafa levantaram na hora. Dona Vera citou um versículo qualquer e levantou também, o pastor não se importaria se ela me apoiasse em uma situação como aquela. Valéria intimou Roney com olhos de "e aí?", mas ele não se mexeu. Pedi que batessem a porta, peguei a bolsa e saímos.

Valéria nos alcançou na portaria. Nunca estive em uma coletiva de imprensa, ela disse. E alguém pode precisar de uma enfermeira, vai que a pressão sobe e tal.

Àquela altura, quem quisesse entrar no meu bonde era bem-vindo.

DOIS

Poucos jornalistas atenderam ao convite das minhas advogadas. Uns cinco sites independentes estavam lá. O principal jornal da cidade mandou uma estagiária, o concorrente designou um senhor que devia cobrir corridas de cavalo e não parava de perguntar sobre páreos ao celular. Não havia nenhuma emissora de TV, e a repórter de uma única rádio apareceu toda suada quando a dra. Tiane já ligava o microfone – não que precisasse. Eu estava entre ela e Almeida, diante dos convidados, e via tudo como se não fosse de mim que se tratasse aquilo tudo, desconectada da situação. E se aquela calmaria fosse o sintoma de um piriri cerebral que me deixaria para sempre assim, com o wi-fi desligado? Sentados na primeira fila das quatro que as advogadas ingenuamente arranjaram na sala, Chico, Rafa, dona Vera e Valéria fotografavam tudo. Deu tempo de dizer um "eu te amo" mudo para Chico antes da dra. Tiane agradecer a presença de todos e tascar, sem dó nem piedade.

– A razão de termos convocado essa coletiva é para que a minha cliente aqui presente, Celina Machado, conte pela primeira vez a metamorfose que a fez dormir com a aparência da mulher que foi por 48 anos e acordar transformada em homem, como todos podem atestar. Celina, por favor, eu gostaria que você se levantasse.

Ouvi comentários, alguns de claro descrédito, quando fui para a frente da mesa.

– Apesar da sua transformação, Celina Machado ainda é a mesma pessoa que acordou metamorfoseada. Pensa do mesmo jeito, tem as mesmas habilidades e competências e quer, portanto, continuar com todos os seus direitos assegurados. A palavra é sua, Celina.

Mais tarde Chico me disse que eu falei sem conjugar os verbos direito e esquecendo os plurais, e que contei o drama completo, incluídas as raquetadas que ele me deu no primeiro dia da minha desgraça. Às vezes as pessoas riam, e era para rir mesmo. Como levar a sério uma mulher que acorda com um pinto sem nunca ter desejado um por mais de alguns minutos?

Claro que me tomaram por louca – no caso, louco, já que o que eles enxergavam era um homem de saia de malha. A sala foi se enchendo durante o meu depoimento. Os sites transmitindo ao vivo e a repórter da rádio fazendo entradas no ar atraíram jornalistas que haviam ignorado o chamamento da dra. Tiane.

Nenhum deles disposto a acreditar em mim, como transparecia nas perguntas.

Você sempre foi homossexual?

Prefere ser chamado de senhor ou de senhora?

Você fez a transição?

Tem fotos suas como mulher?

Lembra de ter feito alguma coisa diferente na véspera de, supostamente, acordar com um pênis?

Alguém viu o órgão sexual que você dizia ter antes? Pode fornecer os contatos?

Você não acha que essa sua história pode ser prejudicial para a luta das pessoas trans?

Apesar das críticas ao meu português, Chico e Rafa disseram que me saí bem. Não que eu tivesse muitas respostas, o mais importante já não era o dali para trás, mas o que aconteceria a seguir. Eu pretendia retomar meu trabalho no banco, minhas sessões na academia e tudo o mais que a prosaica vida de Celina Machado compreendia. Era tão pouco que me custava a crer que alguém se preocupasse em impedir. O velho setorista do hipódromo fez a última pergunta.

– Você está disposto a comparar o DNA de Celina Machado com o seu?

A dra. Tiane tirou o microfone da minha mão.

– Ela é Celina Machado, está disposta a fazer exame de DNA e, mais que isso: hoje mesmo vamos disponibilizar escova de cabelo, de dentes e o que mais puder conter material genético da Celina na sua forma antiga para realizar a comparação. O escritório Almeida, Alcântara & Filha agradece o comparecimento e dá por encerrada a entrevista.

TRÊS

Entre eu sair do elevador e entrar no Uber, meu rosto já estava na capa de todos sites. Valéria ficou com o meu celular para recusar os pedidos de entrevista que chegavam sem parar por ligação e WhatsApp. Como haviam conseguido o meu número? Quem acha que ligação de telemarketing é o que de mais insistente existe não conhece a produção dos programas de aberração.

O condomínio todo já sabia que o irmão de Celina era a própria Celina. O poodle da vizinha latiu para mim, como de hábito, dessa vez acompanhado por sua dona. Já o senhor de idade com quem eu sempre conversava afundou no seu joguinho modorrento de paciência para não me cumprimentar. Evandro, o porteiro, me deu um educado *bom dia, seu Machado*.

Meu Facebook estava em colapso. Mais de quatro mil pedidos de amizade pipocavam na tela. Até então eu tinha 122 amigos. Chico me mostrou vários perfis falsos com o meu nome, mais algumas comunidades: Celina

Machado Livre, Somos Todxs Celina Machado, Celina Machado Pirocuda, Celina Machado Mulher Macho. Bloqueei todos. Também excluí meu Instagram, que até então tinha só cinco fotos postadas, as cinco de momentos meus com Chico. Conquistei inacreditáveis vinte mil e poucos seguidores em algumas horas, centenas deles fazendo comentários simpáticos, a maioria me xingando por profanar a família e não respeitar Deus. Mas o que Deus tinha a ver com o meu pau?

– É a tua supervisora, a Eliane.

Valéria me resgatou das redes sociais com o celular quente de tantas chamadas. Eliane garantiu que o banco queria conversar comigo, que a direção de São Paulo já estava ciente do caso e que buscava soluções com a Assistência Social. Para eu não considerar a opinião de Ascânio como a posição oficial da empresa. E, principalmente, para eu não ir de jeito nenhum à agência no dia seguinte. O importante era não causar tumulto, quanto menos sensacionalismo, melhor. Eu prometia não aparecer?

Desliguei sem responder.

QUATRO

Minha dentista da vida inteira, a dra. Suzi, entregou para as Almeida & Alcântara o molde da minha arcada, resquício da moldeirinha para bruxismo, e alguns raios X. As duas advogadas também buscaram fios de cabelo do ralo do box e de escovas que eu nem usava mais, pedaços de unha acumulados na pia do banheiro e até a calcinha que eu usava na noite da metamorfose. Engraçado que, até há pouco, eu achava que metamorfose era uma palavra nobre demais para o meu caso. Que devia ser poupada para casos em que alguém vira um inseto ou, que seja, para a transformação da larva em borboleta. Agora eu já não tinha pudor em usar para mim mesma. Metamorfose. Metamorfose. Eu sofri uma metamorfose. O que me levava a filosofar: se Gregor Samsa, mesmo inseto, continuava a pensar como homem, e eu, no momento homem, continuava a pensar como mulher, então a borboleta voava colorida pelo mundo com pensamentos de lagarta. Fazia sentido.

Valéria foi embora levando meu telefone. Não havia ninguém que eu quisesse atender. Combinamos que ela faria a triagem dos convites que não paravam de chegar. Jornais da cidade: toparia, desde que fosse matéria de capa. *Fantástico*: aceitaria no ato. Se Valéria conseguisse cavar uma matéria no *Globo Repórter*, eu explicaria ao Brasil quem é, de onde vem, do que se alimenta Celina Machado. Ela era uma excelente assessora de imprensa, não pensei que enfermeiras tivessem esse talento. Quem sabe conseguisse até mesmo um contrato para a publicação da minha biografia? Tanta gente ganha dinheiro à base de insucesso, o piloto tristemente famoso por nunca chegar ao pódio, a atriz pornô que virou evangélica, o jogador de futebol que cheirou uma mansão, caminhos diferentes com a mesma curva, da mediocridade para a tragédia. A história da minha vida.

CINCO

Engraçado como, até virar homem, eu nunca tinha ouvido falar que os brasileiros morriam de pinto mal lavado. Que os pintos apodreciam e precisavam ser extirpados por conta da sujeira. Quer dizer, das doenças causadas pela sujeira. Que eu me lembre, na minha vida de mulher de classe média, com a exceção de uma ou outra ocasião em que, por razões diversas, o banho não foi possível e o sujeito espalhou algum mau odor ao tirar as calças, não tive o desprazer de encontrar um pinto sujo. Mas virou preocupação da presidência do país, então devia ser coisa séria. Talvez acontecesse com os pintos nos grotões, esses mesmos que ficam cada vez mais desassistidos com cortes na saúde e na educação. Os grotões, não os pintos. Talvez acontecesse entre os pintos da população que mora na rua. E que não para de crescer. A população, não os pintos. Não deixava de ser engraçado o tema entrar na pauta bem na minha vez.

Minhas advogadas logo me buscariam para fazer o exame de DNA. Aproveitei a breve calmaria para tomar um banho de banheira. Chico e eu havíamos nos dado uma jacuzzi de presente. Eu quase não usava, achava um desperdício de tempo e de água, mas ele vivia mergulhado, voltava do colégio e ia para o banho, às vezes passava a tarde lá. Muitas vezes eu chegava do banco e ele ainda estava na banheira, murcho e pálido, com restos de bolacha recheada na borda e algumas espumas suspeitas boiando à sua volta. Chico fazer um uso tão intenso da banheira me desestimulava a utilizá-la. Mas com as últimas notícias de pinto mal lavado, mais a esperança de que a hidromassagem trouxesse algum conforto ao meu corpo modificado, deitei na banheira e deixei que a água morna me cobrisse inteira, eu submersa, imóvel, recebendo na pele os jatos quentes que vinham das paredes. Eu não gostava de ver o meu pênis, muito menos de tocar nele. Tinha raiva daquele pedaço de carne surgido do nada, a sensação de que haviam costurado em mim um braço de outra pessoa. Mas ali, naquele caldo, quando o vi flutuar tão desprotegido, tão frágil, tão coitado, pela primeira vez senti pena dele. A mesma pena sem nenhuma possibilidade de consolo que eu sentia de mim.

SEIS

As doutoras Tiane e Almeida me ladearam para entrar no laboratório, um cordão de isolamento contra os olhares e os comentários dos curiosos. O caso da mulher que virou homem já havia chegado ao centro do país. A *Folha* e *O Globo* traziam a notícia na capa, com textos cuidadosos sobre o suposto caso da suposta mulher que dizia ter acordado com um suposto sexo masculino. Pega aqui para ver o suposto, seria a resposta se eu fosse um homem também na minha parte de dentro. Meus restos de mulher foram entregues em saquinhos lacrados iguais aos dos seriados policiais. Então meu sangue foi coletado e, como sempre aconteceu, tive uma ligeira queda de pressão e precisei deitar na maca enquanto um som agudo me atravessava os ouvidos e tudo girava em volta.

    O resultado comparando os materiais de Celina Machado com o meu sangue sairia em duas semanas. O que aconteceria depois, era impossível prever.

– Se, conforme nós acreditamos, o seu DNA de hoje for idêntico ao encontrado nos vestígios de Celina Machado, acabaram-se os problemas.

– E o que eu faço com essa aparência? Como é que se reverte isso?

– Calma. Primeiro vamos resolver a parte legal.

– Eu quero ser eu. Só isso.

– Mas já vai começar o mimimi? Tanta gente com problema pior que não fica fazendo drama.

Almeida tinha o dom de me fazer sentir como uma criança reinando para não ir para a cama. Pobres dos filhos dela, se os tivesse ou viesse a ter. Seriam criados como eu fui: escreveu, não, leu, o chinelo comeu. O pau comeu não fica bem usar nos dias de hoje. De qualquer jeito, eu não conseguia pensar em ninguém com um problema pior que o meu. Não na vida real, essa que até então eu frequentava.

– Dra. Tiane, e se o meu DNA tiver mudado?

– DNA não muda. Só falta me dizer que acredita em Terra plana.

Duas patadas em sequência foram demais para a minha fragilidade. Comecei a chorar. A dra. Tiane me abraçou. O cheiro dela, igual ao meu de antes, era sempre um conforto.

– A gente não pode garantir qual vai ser o resultado. Não existe jurisprudência, a ciência nunca se deparou com nada parecido, a Justiça desconhece qualquer caso como o seu. Se der errado, no mínimo nós teremos que explicar onde a Celina foi parar. Fora as acusações de falsidade ideológica, mas não vamos pensar nisso agora.

 Recusei a carona das advogadas e decidi voltar para casa caminhando. Almeida não achou a ideia boa, eu estava em vias de me tornar um meme vivo, transmitida nos grupos de WhatsApp, postada nas páginas de zoeira e compartilhada pelos que saboreiam a desgraça alheia. Melhor não me expor sozinha. Pedi os óculos de sol dela, uma espécie de máscara com bordas douradas que me transformou em um soldador LGBT. Imaginei estar segura. O que poderia acontecer a um suposto homem de saia andando pela rua sem incomodar ninguém?

 Mas as ruas do bairro de classe média alta não pensavam como eu. Fingi ignorar as piadinhas vindas sempre de trás, incrível como o pessoal é covarde na hora de debochar dos outros. "Ui, como ele tá bonito", "aposto que a calcinha dele é furada na bunda", "como é que não tem vergonha de sair assim?". Alguns poucos me reconheceram, "olha o safado que inventou que era mulher". Achei que estava sendo seguida por três playboys, talvez fosse paranoia. Mesmo assim, entrei em um café cheio de senhoras e chamei um Uber. O motorista não me ofereceu água, nem balinha. Na metade do caminho, resolvi mudar o trajeto e ir para o banco. O que uma pessoa que trabalha desde que se conhece por gente faz às onze da manhã de um dia útil senão trabalhar? O motorista fechou ainda mais a cara. Aposto que me deu uma estrela apenas, mesmo eu deixando gorjeta, só por causa da minha saia.

SETE

A porta giratória ficava no campo de visão da mesa de Eliane. Ela deixou um cliente falando sozinho e veio correndo assim que me viu no lado de dentro. Por via das dúvidas o vigilante, mão no coldre, caminhou atrás da supervisora. Todos os colegas levantaram os pescoços. A desgraça de Celina já era do conhecimento de todos. Eliane me levou pelo braço até um canto.

– Eu te falei pra não vir.

– Não quero ser acusada de abandono de emprego. Deixei vários assuntos encaminhados, faz cinco dias que eu não mexo em nada.

– Eu estou tocando tudo. O banco te deu licença saúde por tempo indeterminado. Resolve essa questão primeiro, depois tu volta.

– Eu não sei se tem solução. Talvez eu fique assim pra sempre. Aí vocês vão fazer o quê? Me demitir?

– A Assistência Social pensou em te aposentar por invalidez. É a melhor saída.

— Invalidez, o caralho.

— Olha os modos. Esse espaço tem capital estrangeiro.

— Que se foda o capital estrangeiro.

— Não é uma ideia ruim, quantos anos tu ainda teria que trabalhar depois dessa Reforma? É o que todo mundo quer, se aposentar jovem e curtir a vida.

— Eu não quero curtir nada. Eu quero trabalhar. Senão eu vou ficar louca.

— Vai pra casa, amanhã o advogado do banco entra em contato contigo. Eu prometo.

Foi quando o seu Sérgio, um dos meus clientes mais endividados, aposentado que nunca conseguia chegar ao fim do mês sem tomar um novo crédito, veio do caixa contando o dinheiro que, por certo, tinha pedido emprestado.

— Seu Sérgio! Sou eu, a Celina! A sua gerente!

Antes que Eliane pudesse me segurar, eu estava puxando o casaco de seu Sérgio para que ele não fugisse da história que eu queria contar. Achando que fosse um assalto, o velho tentava guardar o dinheiro no bolso da frente, enquanto pedia socorro para o vigilante de revólver em punho. Clientes e funcionários se jogaram no chão, atrás das mesas, sem dar um piu. Eu podia ouvir o som da angina de seu Sérgio amplificado na agência. O revólver foi chegando cada vez mais perto da minha cara. Ainda ouvi Eliane gritar, "não atira!".

OITO

Não foi tiro, foi coronhada. Três pontos na cabeça e um buraco raspado para fazer o curativo.

DIA 6

UM

Dona Vera desencavou o convite esquecido pelos acontecimentos dos últimos dias. Na bandeja de prata da sala, presente de casamento mais resistente que o meu triste casamento, meu nome com uma letra toda cheia de rococós: Celina Machado. Trinta anos de formatura do colégio. Jantar comemorativo em um clube da cidade. RSVP com Fulana pelo número tal. Eu havia confirmado, ia até comprar roupa para ir. Queria aparecer tão poderosa quanto possível. Nos meus devaneios antes de dormir, me imaginava descendo do Uber igual a Jennifer Lopez. Mesmo penteado, mesmo vestido, uma fenda que terminava na cintura. A turma de boca aberta me vendo passar. Mais ou menos a surpresa que teriam quando eu chegasse com a minha velha saia de malha, a cara e o corpo de agora.

– É hoje, dona Celina. Quer que eu lave a sua saia?

Dona Vera me aconselhou a ir. Eu havia feito o depósito na conta de uma das organizadoras, minha gula já contabilizada nos drinques e canapés. A época não combinava com jogar dinheiro fora. Ela ainda sugeriu que eu levasse Chico e Rafa. Se era para causar, que fosse em grande estilo. A continuar assim, o pastor proibiria dona Vera de se aproximar de mim. As ideias dela estavam ficando avançadas demais para tempos que teimavam em reviver conceitos de pecado e punição para quem considerassem diferentes.

Pela lógica da dra. Tiane, muitos dos meus ex-colegas compareceriam diferentes também. Os que engordaram, alguns dando a impressão de abrigar mais de uma pessoa dentro da pele. Os que se tornaram a cara de suas mães e pais ao envelhecer, ou a cara do vizinho, para o constrangimento dos envolvidos. Os que perderam o cabelo, os que perderam partes do corpo por doença, os que perderam filhos, os que perderam propriedades, os que perderam o emprego, o casamento, o amor dos outros. Os que, de tanto perder, acabaram perdendo o brilho. Mas também haveria os que ganharam, eles sempre existem dentro de um grupo, e se comportariam como vencedores, independente do tamanho de suas vitórias, olhando para todos nós, os menos bem-sucedidos, com aquela simpatia piedosa que a gente dedica aos que estão em situação pior que a nossa.

Sempre tive horror desses eventos que revivem o passado por conta do confronto entre os que deram certo e os que não deram em nada. Para ser sincera, não queria meus ex-colegas de aula nem no meu velório, todos parecendo tão chocados com a minha partida, no fundo aliviados por eu ter ido primeiro. Mas depois de tantas mudanças bem mais dramáticas, qual o problema de mudar de ideia?

– Eu vou, dona Vera.

DOIS

As advogadas quase abandonaram meu caso depois da coronhada. A segurança do banco chamou a polícia e eu fui presa pela primeira vez aos 48 anos, depois de uma história inteira de estrita observância às leis. A dra. Tiane disse que, com certeza, o banco usaria do fato para me aplicar uma demissão por justa causa. Que a dificuldade da nossa missão havia quadruplicado graças ao meu destempero. Ela estava decidida a desistir do caso, independente das minhas lágrimas. Foi Almeida quem conseguiu demovê-la. Falou que, sozinha, eu não teria forças para lutar por quem eu era. Seria trucidada primeiro pela opinião pública, depois pela Justiça. Não foi para promover a desesperança que o escritório Almeida, Alcântara & Filha havia sido fundado, encerrou. Me vi dentro de um filme de tribunal, sendo que a defesa e a acusação eram da minha equipe. O argumento da giganta incluiu um carinho nas costas da dra. Tiane que denotava, no mínimo, uma intimidade bem maior que a de colegas de escritório. Claro, as duas eram namoradas! Junto com o meu coração partido, veio também um alerta.

Eu não podia deixar que a forma de homem anulasse aspectos fundamentais da personalidade de Celina. Não era a primeira vez que acontecia. Eu tinha que ser mulher o bastante para não deixar que se repetisse. Sem a intuição e a percepção que sempre tive, restaria pouco de mim dentro da carcaça de agora. E isso, com certeza, afetaria a forma como até então eu me relacionava com Chico, com os meus clientes e com situações-limite, como a reunião de condomínio.

Mas até que seria bom não ser tão sensível para cagar ao ver a dra. Tiane e a Almeida falando baixinho, uma no ouvido da outra, com uma comovente cumplicidade, enquanto saía o veredito. E essa, eu a fim da minha advogada? Eu, hétero a vida toda. O que não faz um pinto fora de lugar. Enfim elas se separaram, e a dra. Tiane disse que sim, o escritório continuaria comigo. Aproveitei para beijá-la em agradecimento e abraçá-la o mais apertado que pude, a ponto da Almeida me afastar dizendo que, caso eu sufocasse a sócia dela, caracterizaria homicídio doloso.

Talvez eu pudesse calibrar a minha sensibilidade para não me sentir tão abandonada vendo as duas entrando na caminhonete que parecia um caminhão da Almeida. Seria o melhor dos dois mundos, eu, sensível como sempre, mas com algum botão de pânico que desligasse os circuitos quando me visse a ponto de sofrer. Se eu conseguisse operar assim, seria a mulher perfeita.

    Só faltava resolver o problema da minha aparência.

TRÊS

Lembrei de um autor, não sei qual, que escreveu sobre as bruxas da Idade Média. Disse ele que as bruxas, na verdade, eram mulheres expulsas de casa pelas famílias, em geral por algo relacionado ao sexo. Ou haviam sido flagradas com um serviçal ou mesmo com um irmão ou parente próximo, ou haviam engravidado, ou então haviam se recusado a casar com o escolhido pelo pai, as razões variavam pouco e em geral diziam respeito ao que a mulher fazia com o próprio corpo. Segundo esse autor, as mulheres expulsas acabavam vivendo em grupos à margem dos povoados, escondidas nos bosques, em comunidades clandestinas que se formavam com o objetivo da sobrevivência. Algumas tinham bebês pequenos, umas cuidavam dos filhos das que morriam no parto ou por doenças. Desgrenhadas, famintas, sujas, expostas às brutalidades do tempo, às vezes essas mulheres eram apanhadas por caçadores ou soldados e jogadas em masmorras para serem torturadas até pararem na fogueira. As famílias, se reconheciam as filhas queimando, prefeririam ignorar. Sabe lá se uma família de bruxa não vai terminar do mesmo jeito.

Li sobre isso na adolescência, história reconstruída a partir da pesquisa do autor, uma não ficção que ficou me incomodando por anos, maldita hora em que não escolhi um romance na estante. Várias mudanças de endereço depois, nunca mais encontrei o livro do qual não sei o título. Não sei nem do que tratava, lembro apenas dessa parte, a das bruxas que não eram bruxas e que, mesmo assim, acabavam na fogueira. Um homem que não se sente homem, uma mulher que não é mulher, alguém que virou o que não reconhece ou que quer virar o que de fato se sente. Tantos séculos depois da Idade Média, a fogueira não pode ser o meu destino. Ainda que, olhando em volta, isso não pareça tão impossível.

Não sei por que pensei nesse livro a caminho da festa dos trinta anos de formatura. Pouco antes de sair, Valéria havia me avisado que o *Fantástico* ia gravar uma entrevista comigo. Não queriam esperar até o resultado do teste de DNA, assim o assunto renderia por duas semanas. Eu sabia que o resultado comprovaria a minha história. DNA não muda, disse Almeida aos berros. E distopia tem limite. Espero.

Celina Machado, disse ao porteiro que conferiu meu nome na lista de convidados. Ele me olhou do mesmo jeito como todos agora olhavam, pode repetir?

Celina Machado. Por via das dúvidas, um segurança me acompanhou no trajeto até o salão. Abriu a porta de vidro. Vi Solange lá dentro, um folhado na boca e um copo na mão. E agora, eu faço o quê?

A única coisa possível numa hora dessas.

Seja macha, minha filha.

OUTRO DIA

Na cama, naquele momento em que você acordou, mas faz de conta que ainda não sabe. Você tentando enganar a consciência, a vontade de fazer xixi (continuo sem dizer "a vontade de mijar") e tudo o que precisa ser feito. Não tem sido fácil abrir os olhos, embora esteja menos penoso suportar o que vem depois. Não quer dizer que eu me acostumei. Há dias em que a saudade que sinto de mim é tão insuportável que não levanto. Não que me esconder embaixo das cobertas resolva o problema, mas não levanto. Não voltei ao banco, o que diminuiu consideravelmente meus compromissos. Já protocolado, o processo que moverei contra a instituição, Ascânio, Eliane e mais meia dúzia de colegas que me quiseram longe, deve levar anos. Não se pode impedir alguém de trabalhar, porra. Mas hoje eu sei o porquê da falta de vontade de sair da cama. Hoje busco o laudo do exame do DNA. E mesmo que, cientificamente, o DNA não mude, quem garante um resultado nessa minha situação?

Reúno coragem para colocar a mão no meu marco zero. Se o pinto tiver sumido, pego Chico e vou viver em algum lugar bem longe, Portugal não adianta, metade dos meus amigos se mudou para Portugal no último ano. Se o pinto tiver sumido, tudo estará resolvido. Poesia numa hora dessas. Se o pinto tiver sumido. Se o pinto tiver. Se o pinto. Se o. Se. Será?

lepmeditores
www.lpm.com.br
o site que conta tudo

IMPRESSÃO:

PALLOTTI
GRÁFICA

Santa Maria - RS | Fone: (55) 3220.4500
www.graficapallotti.com.br